I0551140

LES Demoiselles de l'ENFANT JESUS ne se sont pas contentées de partager la joie de la France par les Actions-de-graces-solemnelles qu'Elles ont plus d'une fois rendues à DIEU des Victoires, de la Convalescence, & du Retour glorieux du ROI. Elles ont voulu consacrer encore des Evénemens si intéressans par une de ces Fêtes brillantes qu'une Education aussi sage que noble leur permet dans la belle Saison. J'ai eu l'honneur de me voir choisir par Elles, pour être, dans cette occasion, l'Interprête de leurs Sentimens & de leurs Transports, &, si j'ose ainsi m'exprimer, l'Ordonnateur de leurs Jeux. Ce n'est pas à moi de juger si j'ai réüssi : mais si le Public trouve que je ne me sois pas mal acquitté de ma Commission, je n'attribuerai mon succès qu'à la passion que j'ai eue de justifier un choix si flateur pour moi.

LES FÊTES

DE

LA FRANCE,

DRAME LYRIQUE,

POUR LES DEMOISELLES

DE

L'ENFANT JÉSUS.

Par M. l'Abbé BONVALLET-DES-BROSSES, Affocié
à l'Académie Royale des Belles-Lettres de la Rochelle.

A PARIS,

Chez THIBOUST, Imprimeur du ROY,
Place de Cambray.

M. DCCXLV,

AVEC PERMISSION.

V⸱ 1421

ACTRICES.

LA RELIGION.

DEUX VERTUS,

CHŒUR DE VERTUS. } De la Suite de la RELIGION.

EMILIE,

JULIE,

ELEONORE,

EULALIE, } Demoiselles de l'ENFANT JESUS.

THARSILLE,

AGLAE',

CHŒUR.

PREMIERE BERGÉRE.

DEUXIE'ME BERGERE.

CHŒUR DE BERGERES.

La Scène est à l'ENFANT JESUS, dans un lieu préparé pour une Fête par les DEMOISELLES.

LES FÊTES
DE LA FRANCE,
DRAME LYRIQUE,
POUR LES DEMOISELLES
DE L'ENFANT JÉSUS.

SCENE PREMIERE.

EMILIE, JULIE, ELEONORE: CHŒUR
DE DEMOISELLES DE L'ENFANT JESUS.

EMILIE, JULIE, ELEONORE.

CHANTONS les pures Délices
Que nous goûtons en ces Lieux.
L'Innocence y rend les Cieux
A tous nos désirs propices.
Chantons les pures Délices
Que nous goûtons en ces Lieux.

LE CHŒUR.

Chantons les pures Délices
Que nous goûtons en ces Lieux.

A ij

EMILIE & ELEONORE.

Gardons-nous de porter envie
Au fort des aveugles Mortels.
Mille retours fâcheux, mille remords cruels
Empoifonnent leur vie :
Eft-il de vrais Plaifirs pour de coupables cœurs ?
Séjour charmant! Demeure fainte !
Nous jouiffons dans votre enceinte
Des plus parfaites Douceurs.

J U L I E.

Loin de nos Murs, profanes Voluptés !
Portez, portez ailleurs votre Charme perfide.
Des Cœurs que la Sageffe guide
De vos appas trompeurs ne font point enchantés.
N'eft-on pas fûr de vivre
Sans trouble & fans ennui,
Dès que le Cœur innocent ne fe livre
Qu'à des Plaifirs innocens comme lui ?

LE CHŒUR.

On eft fûr de vivre
Sans trouble & fans ennui,
Dès que le Cœur innocent ne fe livre
Qu'à des plaifirs innocens comme lui.

E M I L I E.

Chériffons la douce Harmonie.
Ses tendres Accords
Ont d'heureux rapports
Avec l'Amitié qui nous lie.
Mais, fideles aux Loix
D'une Sageffe auftere,

Ne confacrons jamais les accens de nos voix
Aux Dieux qu'à Paphos, à Cythère,
L'Idolâtre infenfé révéroit autrefois.
Que du Maître des Cieux la Grandeur fouveraine,
Que fa Bonté, que fes Bienfaits,
Que les Exploits d'un R O I l'amour de fes Sujets,
Les Vertus d'une aimable R E I N E,
De nos fublimes Chants foient les nobles Objets.

L E C H Œ U R.

Que du Maître des Cieux la Grandeur fouveraine,
Que fa Bonté, que fes Bienfaits,
Que les Exploits d'un R O I l'amour de fes Sujets,
Les Vertus d'une aimable R E I N E,
De nos fublimes Chants foient les nobles Objets.

É L E O N O R E.

La R E I N E de ce vafte Empire
De fa Préfence Augufte honora ce Séjour.
Que ton doux fouvenir, Jour heureux! nous infpire
De reconnoiffance & d'amour!

E M I L I E, J U L I E, E L E O N O R E.

Hélas! nos tendres vœux le rappellent encore,
Ce Jour, le plus beau de nos jours.
Digne E P O U S E d'un R O I que l'Univers adore!
Puiffions - nous efpérer de le revoir encore,
Ce Jour, le plus beau de nos jours!
Nos vœux, nos tendres vœux le rappellent toujours.

L E C H Œ U R.

Nos vœux, nos tendres vœux le rappellent toujours,
Ce Jour, le plus beau de nos jours.

E U L A L I E paroît au fond du Théâtre.

SCENE II.

EULALIE, EMILIE, JULIE, ELEONORE;
LE CHŒUR.

EMILIE à EULALIE.

APPROCHEZ, ma chere Eulalie ;
Venez, joignez-vous à nos voix.
Venez.... mais qu'eſt-ce que je vois !
Quelle affreuſe mélancolie
Répand ſur votre front ces nuages épais !...
Vous ſoupirez !

ELEONORE à EULALIE.

Vous répandez des larmes !

EULALIE, *en s'approchant.*

O Préſage terrible !... O cruelles Allarmes !

LE CHŒUR.

Dieu ! que nous dites-vous !

EULALIE.

De mes troubles ſecrets
Ne cherchez point à percer le myſtere.

EMILIE & ELEONORE.

Y penſez-vous ! parlez-vous à des Sœurs !
Quoi ! la tendre amitié qui réunit nos Cœurs
Vous permet ....

EULALIE.

L'amitié m'oblige de me taire :
Je vous affligerois.

E M I L I E.

Eh! le faites-vous moins
En nous cachant vos maux? Ah! craignez que, témoins
De la douleur dont vous êtes remplie,
Peut-être notre ame attendrie,
En ignorant l'objet, ne la reffente mieux.

E U L A L I E.

Hélas! pourquoi paroiffois-je en ces Lieux!
Mes pleurs, mes foupirs m'ont trahie . . . .
Fuyons . . . .

E M I L I E, *la retenant.*

Non, demeurez.

E U L A L I E.

Ah! ma chere Emilie!

E M I L I E.

Eh! de grace, ma Sœur,
Ne vous refufez pas l'innocente douceur
Que vous offre notre tendreffe.
Répondez à nos vœux: parlez, découvrez-nous
Le fujet de vos pleurs.

E U L A L I E.

Au chagrin qui me preffe
Hélas! que pouvez-vous?

E M I L I E.

Vous raffurer, vous calmer; ou vous plaindre,
Et pleurer avec vous.

E U L A L I E, *voulant fe retirer.*

Non, non, ceffez de me contraindre.
Tous vos foins feroient fuperflus.

EMILIE, *l'arrêtant.*

Quoi! rien ne vous fléchit, Cruelle!
Vous méprisez mes pleurs!... Ah! vous ne m'aimez plus.

EULALIE.

Je ne vous aime plus! Vous, Compagne fidelle!
Justes Cieux!... Mais je dois dissiper votre erreur.
Oui, je me rends enfin : je cede à vos prieres.

Un Songe... Un Songe affreux me remplit de terreur.

A peine le Sommeil eut fermé mes paupieres,
    Je crus me voir en de champêtres Lieux.
La verdure des Bois, le vif éclat des Cieux,
Un Horizon borné de Collines fleuries,
Le Cristal des Ruisseaux qui baignoient les Prairies,
    Tout ravissoit & mon cœur & mes yeux.
J'errois avec transport dans ce Séjour aimable,
Je bénissois l'Auteur de ses charmes divers,
    Quand tout-à-coup une Voix effroyable
    S'est fait entendre dans les Airs :
Malheur, disoit la Voix, *Malheur à l'Univers!*...
Dieu! que devins-je alors!... Mille Echos trop fidelles
Répétant à l'envi ces terribles Accens,
Redoubloient la frayeur qui me glaçoit les sens.
Mon Ame alloit céder à ses peines cruelles,
    Quand des horreurs nouvelles
Viennent se joindre aux maux que je ressens.

ELEONORE.

    Ciel! ce récit épouvantable
    Rappelle le Jour redoutable
    Qui verra finir tous les Tems.
                  EULALIE.

E U L A L I E.

Hélas ! ainfi qu'à vous, de ces cruels Inftans
Mon Songe me traçoit la peinture effroyable.

La Voix parloit encor. A fes Cris redoutés,
L'Aftre du Jour perdit fes fertiles Clartés.
Une Main l'arrêta dans fa Courfe brillante.
  La Lune, pâle & défaillante,
N'éclaira plus la Nuit de fes Feux empruntés.
Je vis avec effroi fes bords enfanglantés.
Ainfi le Ciel, couvert de ténébreux nuages,
N'offroit à mes regards que les triftes préfages
  Du plus rude de tous les Coups.
L'Air en feu, mugiffoit fous l'effort des Orages.
Tout l'Univers fembloit s'être armé contre nous.
  Les Torrens, du haut des Montagnes,
  Roulant leurs Flots & leur Courroux,
  Inondoient les vaftes Campagnes.
Les Aquilons fougueux, fecondant leur fureur,
Des Vergers & des Bois préparoient les ruines,
Et des Ormes brifés ébranlant les racines,
Souffloient de tous côtés le Ravage & l'Horreur.

Tel eft, tel eft l'Objet du trouble qui m'agite.

J U L I E.

A ce Songe cruel vous avez dû frémir :
  Mais le calme doit revenir
   En votre Ame interdite.

E L E O N O R E.

La Raifon fçait chaffer l'erreur que le Sommeil
  Dans l'Efprit a pû faire naître ;

         B

Et le trouble doit difparaître
Au premier inftant du Reveil . . . .
Mais quoi! vous foupirez encore!

EULALIE.

Laiffez - moi foupirer, ma chere Eléonore.
Laiffez, laiffez couler mes pleurs.
Rien ne peut adoucir l'ennui qui me dévore.

ELEONORE.

Que craignez - vous enfin ?

EULALIE.

Je crains tous les malheurs.

EMILIE, *à part.*

DIEU puiffant! que j'implore,
Calmez fes mortelles douleurs.

EULALIE.

Ah! cet Aftre arrêté dans fa vafte Carriere . . . .
Ce Soleil, dont j'ai vû s'éclipfer la lumiere . . . .
Si c'étoit Vous, GRAND ROI!

LE CHŒUR.

O Ciel!

ELEONORE.

Puis - je le croire!
Le MONARQUE feroit l'Objet de votre effroi!

JULIE.

Quoi! craignez - vous que la Victoire,
Si fidéle à ce PRINCE en Ses premiers Combats,
Cefle de voler fur Ses pas?

EULALIE.

Non : je ne crains point pour Sa Gloire,
Je ne crains que pour Lui ... Je tremble pour Ses Jours.

JULIE & ELEONORE.

Eh! GRAND DIEU! quels feroient les crimes de la Terre,
Si, pour venger fes Loix, le Maître du Tonerre
Des Jours d'un ROI fi cher alloit trancher le cours!

JULIE.

De ces affreufes Images
Ecartez le fouvenir,
Pourquoi vous entretenir
De vains & triftes Préfages,
Quand tout nous offre les gages
Du plus heureux Avenir?
De ces affreufes Images
Ecartez le fouvenir,

LE CHŒUR.

Perdez le fouvenir
De ces noires Images.
Tout nous offre les gages
D'un heureux Avenir.

EMILIE.

LOUIS combat pour la Patrie;
La REINE fait des vœux pour Son augufte EPOUX:
Compagne chérie!
Que craindriez-vous?

JULIE & ELEONORE.

Volez, volez, GRAND ROI! de Victoire en Victoire.
Le Ciel veille fur Vous au milieu des hazards.
Par Vous l'Empire des Céfars

Doit recouvrer fon Repos & fa Gloire.
Volez, volez, GRAND ROI! de Victoire en Victoire.

LE CHŒUR.

Volez, Volez, GRAND ROI! de Victoire en Victoire.

EULALIE, *à part.*

Ah! GRAND PRINCE! vivez.... c'eft tout ce que je veux.

JULIE.

Vous le verrez bien-tôt cet EPOUX glorieux,
REINE! qui partagez & Son Cœur & Son Trône.
Ceint du * triple Laurier dont le Ciel le courône
Il fera briller à Vos yeux
Le Prix de Sa Valeur, & le Fruit de Vos Vœux.

LE CHŒUR.

Volez, couvrez-vous de gloire.
Volez, volez, GRAND ROI! de Victoire en Victoire.

On entend une Symphonie lugubre, mêlée de Cris de douleur.

JULIE.

Dieu! qu'entens-je!... Quel Bruit!... Quel changement
affreux!....
D'où partent ces Cris douloureux!

* Prife de Menin, d'Ypres & de Furnes.

SCENE III.

Les mêmes : THARSILLE, AGLAE′ : LE CHŒUR.

THARSILLE & AGLAE′.

O Jour! ô Jour cruel! ô Perte irréparable!
O Monarque! ô Sujets! ô Peuple inconſolable!

LE CHŒUR.

Que dites-vous du Prince! ô Ciel! expliquez-vous.

EULALIE, *à part.*

Ah! je frémis.

THARSILLE.

Malheur! malheur à nous!
Il expire.

LE CHŒUR.

O douleur!

EULALIE.

O Songe trop fidele!

LE CHŒUR.

Cher Prince!

AGLAE′.

Il eſt frappé d'une atteinte mortelle.
L'Art n'oppoſe à Ses Maux que d'impuiſſans ſecours.
Plus d'eſpérance. Hélas! déplorable Patrie!
Tu perds ton Pere & ton Roi pour toujours.

· LE CHŒUR.

O Maître des Humains! bornerez-vous le cours
D'une si belle Vie!
Prenez, prenez plutôt nos jours.

EULALIE.

O REINE! ô PRINCE! ô FAMILLE chérie!
Quel Coup pour Vous!

AGLAE'.

Ils volent à la Voix
Du PRINCE qui les appelle.
Ils courent l'embrasser pour la derniere fois....
Hélas! le verront-ils? La Mort, la Mort cruelle
A peut-être déja porté les derniers coups.

On entend une douce Harmonie.

Mais quels Concerts se font entendre!...

Elle apperçoit la RELIGION, &
les VERTUS qui la suivent.

J'apperçois les Vertus! Dieu! qu'allons-nous apprendre!
à la RELIGION.

FILLE du CIEL! que nous annoncez-vous?

SCENE IV.

LA RELIGION, & LES VERTUS de fa Suite :
Toutes les Actrices des Scenes précédentes : CHŒURS.

LA RELIGION, aux D^lles de L'ENFANT JESUS.

CEssez de répandre des larmes,
Troupe aimable ! ceffez vos lugubres Accords.
Les Cieux sont appaise's. Que les vives Allarmes
   Cedent aux plus tendres Tranſports.

   DIEU puiffant ! ta Main paternelle
A des Jours de LOUIS rallumé le Flambeau.
Qu'il m'eft doux ce moment où ta Voix le rappelle
   De l'affreufe Nuit du Tombeau !

LES CHŒURS.

Ceffons de répandre des larmes.
Ceffez vos ⎫
Ceffons nos ⎬ lugubres Accords.
   Que nos vives Allarmes
Cedent aux plus tendres Tranſports.

LA RELIGION.

France ! un même Bienfait, en ce jour, intéreffe
   Et ton cœur & le mien.
Le Ciel te rend un ROI, l'Objet de ta tendreffe,
Le Ciel me rend un ROI, mon plus ferme Soutien.

LES CHŒURS.

Ceſſons de répandre des larmes.

Ceſſez vos ⎫
Ceſſons nos ⎬ lugubres Accords.

Que nos vives Allarmes
Cedent aux plus tendres Tranſports.

LA RELIGION.

REINE aimable! auguſte Princeſſe!
C'eſt par Vous que le Ciel a calmé ſon Courroux.
Je Vous dois le bonheur de paſſer avec Vous,
De la plus affreuſe triſteſſe
Aux ſentimens, aux Tranſports les plus doux.
REINE aimable! auguſte Princeſſe!
C'eſt par Vous que le Ciel a calmé ſon Courroux.
Oui, Vos Vertus, Vos pleurs ont détourné les Coups
Que portoit à l'Europe une Main vengereſſe,
Et les Vœux de l'EPOUSE ont conſervé l'EPOUX.
REINE aimable! auguſte Princeſſe!
C'eſt par Vous que le Ciel a calmé ſon Courroux.

LES CHŒURS.

Triomphez, auguſte PRINCESSE!
Par Vous, par Vous le Ciel a calmé ſon Courroux.

JULIE, AGLAE, EULALIE.

Si la plus vive allégreſſe
Regne aujourd'hui parmi nous,
PRINCESSE! elle y regne par Vous.

LES CHŒURS.

Triomphez, auguſte PRINCESSE!
Par Vous, par Vous le Ciel a calmé ſon Courroux.

LA

LA RELIGION.

Jouiffez des Bienfaits que LOUIS va répandre,
Peuples! goûtez les fruits de Ses Soins généreux.
Que vous devez l'aimer ce MONARQUE fi tendre,
Qui * *n'a voulu des Jours que pour* vous *rendre heureux* !

THARSILLE & ELEONORE.

Qu'il vive, ce PRINCE adorable !
Qu'il faffe le bonheur de cent Peuples divers !
Et que Son Trône inébranlable
Dure autant que l'Univers !

LES CHŒURS.

Qu'il faffe le bonheur de cent Peuples divers !
Qu'il regne fur tout l'Univers !

LA RELIGION.

Hâtez-vous, accourez, innocentes Bergères !
Raffemblez-vous des Hameaux d'alentour.
Venez célébrer, tour à tour,
Par de tendres Concerts & des Danfes légères,
Du HE'ROS renaiffant la Gloire & le Retour.

LES CHŒURS.

Raffemblez-vous des Hameaux d'alentour.
Hâtez-vous, accourez, innocentes Bergères.

On entend une Symphonie gaie & champêtre.

* Paroles du ROI, dans Sa Maladie.

C

S C E N E V.

LA RELIGION, & fa Suite : les Actrices des Scènes
précédentes : PREMIERE BERGERE, DEUXIE'ME,
BERGERE : CHŒURS DE VERTUS, de Demoi-
felles de l'ENFANT JESUS, & de BERGERES.

LA RELIGION, aux BERGERES.

E Nfin le Ciel, touché de vos tendres douleurs,
Vous ramene LOUIS plein de vie & de gloire.

CHŒUR DE BERGERES.

Brille à jamais ce Jour d'immortelle mémoire,
Qui Le rend à nos pleurs !

LA PREMIERE BERGERE.

Hélas ! dans nos triftes Bocages,
Tout languiffoit, GRAND ROI ! tout mouroit avec Vous.
Plus de beaux jours, plus de Fêtes pour nous.
Infenfibles aux Ramages
Des Hôtes de nos Bois,
Le champêtre Hautbois,
Ni la douce Mufette,
N'animoient plus nos Voix.
J'ai vû, j'ai vû cent fois
De mes tremblantes mains s'échapper ma Houlette.
Nos Cris perçoient les Cieux, & du fein des Forêts,
Les Echos, jour & nuit, redifoient nos regrets.
Nos Troupeaux négligés erroient fur les Rivages,
Abandonnés à la fureur des Loups.
Tout languiffoit, GRAND ROI ! dans nos triftes Bocages,
Tout languiffoit, tout mouroit avec Vous.

LA DEUXIEME BERGERE, alternativement avec
LE CHŒUR.

Banniſſons nos craintes,
Finiſſons nos plaintes :
Ce Jour heureux
Couronne nos vœux.

LE CHŒUR.

Banniſſons nos craintes,
Finiſſons nos plaintes :
Ce Jour heureux
Couronne nos vœux.

LA BERGERE.

LOUIS reſpire :
Tout nous inſpire
Un doux Tranſport.

LE CHŒUR.

Banniſſons nos craintes,
Finiſſons nos plaintes :
Ce Jour heureux
Couronne nos vœux.

LA BERGERE.

Après tant de larmes,
Goûtons les charmes
Du plus beau Sort.

LE CHŒUR.

Banniſſons nos craintes,
Finiſſons nos plaintes :
Ce Jour heureux
Couronne nos vœux.

LA BERGERE.

Qu'avec LOUIS tout renaiſſe.
Qu'à Son Retour,
L'allégreſſe & l'amour
Eclatent ſans ceſſe.

TOUS LES CHŒURS.

Eclatez, Tranſports d'allégreſſe!
Eclatez, Tranſports d'amour!

LES DEUX BERGERES.

Puiſſent nos Chants, nos Hommages champêtres,
Toucher le plus cher des Vainqueurs!
Son Nom, gravé ſur tous nos Hêtres,
L'eſt bien mieux encor dans nos Cœurs.

LE CHŒUR.

Son Nom, gravé ſur tous nos Hêtres,
L'eſt bien mieux au fond de nos Cœurs.

AGLAE'.

Ciel! verſez vos Faveurs ſur les Jours d'une REINE,
Qui nous a mérité le plus grand des Bienfaits.
Qu'Elle vive à jamais!

TOUS LES CHŒURS.

Vivez, aimable SOUVERAINE!
Vivez, vivez à jamais!

THARSILLE, JULIE, EULALIE.

FILS de LOUIS! recevez notre Hommage.
Un tendre amour, un généreux courage,
Vous ont fait ſouhaiter d'affronter ſur Ses pas
Les horreurs des Combats.

Mais il fçut réprimer une fi noble envie ;
Et compta n'expofer pour la Gloire des Lis
    * *Que la moitié de Sa Vie,*
S'Il ménageoit les Jours de Son augufte Fils.

TOUS LES CHŒURS.

Vivez, Prince charmant! digne Fils de LOUIS!

LA RELIGION.

La Princesse la plus aimable
Vient de s'unir à Lui par des nœuds éternels ;
Et le DIEU que je fers, à mes vœux favorable,
A confacré par moi leurs Sermens mutuels.

TOUS LES CHŒURS.

Dure, dure à jamais une Chaine fi belle!
    Et qu'une Ardeur toujours nouvelle
    Anime leurs Feux mutuels !

DEUX VERTUS.

A l'Iberie, à la France,
Dans cet Hymen glorieux,
Le Ciel donne l'affurance
Des Biens les plus précieux.

TOUS LES CHŒURS.

    Heureufe Alliance !
    Hymen glorieux!
    Vous êtes l'affurance
Des Biens les plus précieux.

                  Bruit de Symphonie.

* Lettre du ROI à M. le Dauphin.

LA RELIGION.

Quel brillant Avenir à mes yeux se présente !
Quels Jours vont se lever sur l'Empire des Lis !
Déja l'Air est plus pur, la Terre plus riante,
D'un Eclat immortel les Cieux sont embellis.
GRAND DIEU ! tout applaudit à la Faveur constante
Que ta Bonté prépare au Regne de LOUIS.

TOUS LES CHŒURS.

GRAND DIEU ! tout applaudit à la Faveur constante
Que ta Bonté prépare au Regne de LOUIS.

LA RELIGION.

Bien-tôt, laissant le Tonerre
Dont Il a foudroyé des Rivaux furieux,
Au trouble, aux horreurs de la Guerre
Il fera succéder un Repos glorieux.

Le bruit des Armes meurtrieres
N'épouvantera plus Ses tranquilles Etats.
Et les sons éclatans des Trompettes guerrieres
N'appelleront plus les Combats.

Dans la plus parfaite assurance,
Peuple heureux ! tu verras, au gré de tes souhaits,
Eclôre la douce Abondance
Du sein fertile de la Paix.

DIVINE VE'RITE' ! sous de si beaux Auspices,
Vous verrez de l'Erreur les Autels abbatus.
Le Trône de LOUIS sera l'Effroi des Vices,
L'Azile & l'Espoir des Vertus.

TOUS LES CHŒURS.

Le Trône de LOUIS fera l'Effroi des Vices,
L'Azile & l'Efpoir des Vertus.

FIN DE LA CINQUIE'ME ET DERNIERE SCENE.

Vû l'Approbation du Sieur CREBILLON *, permis d'imprimer. A Pari*
le 31 Mars 1745. FEYDEAU DE MARVILLE.

148

www.ingramcontent.com/pod-product-compliance
Lightning Source LLC
Chambersburg PA
CBHW061634180626
46818CB00005B/2381